Contaando caras
sonrientes

Pami L. Wahl

Trafford PUBLISHING® www.trafford.com
Para Norteamérica y el mundo entero
llamadas sin cargo: 1 888 232 4444 (USA & Canadá)
fax: 812 355 4082

OCHO CARAS SONRIENTS

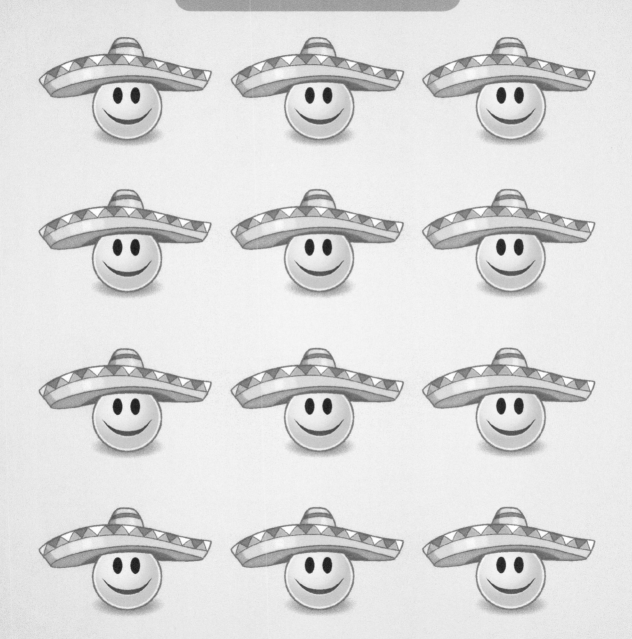

CPSIA information can be obtained
at www.ICGtesting.com
Printed in the USA
BVHW022047170622
640019BV00003B/10